楊澤

新詩十九首

時間筆記本

眾神年輕的時候
——回憶詩人的年輕歲月

／詹宏志

少年時代

不留意　一晃過去了

當時眾神都還年輕，有的頭髮很長，有的臉色蒼白，都寫詩，滿腔對世界的熱望，卻前程與愛情兩茫茫，不知道自己會變怎樣。

不留意，一下子四十個年頭過去，白霜爬上他們的雙鬢，看世事的眼光或者已經冰冷雪亮，也看到自己頹敗的真實模樣。只是神界一天，人間一年，對身處萬丈紅塵的我來說，那已經是一萬四千六百年前的事了⋯⋯。

約莫一萬四千六百年前，我們當時都還年輕，都寫詩，我蓄長髮，詩人Y則面無血色，我們常聚集在文學院荷花池旁或者詩人R的小辦公室內，嬉鬧言談，目中無人，不知有漢，遑論魏晉。雖然我是從法學院蹺課而來，星斗必須南移，也得被錄曠課缺席，但這並不妨礙我打成一片的氣質與決心。

我們分頭塗寫，相聚高談，偶而言及當代的詩與詩人，本國與他國，但也廣泛議論著宇宙的成因、實然與應然、政治的敗壞、遠方的戰爭與某國的陷落、搖滾樂的福音與星座的預言，或者也及於世俗的事業以及靈魂的訂價；當然也常常逸出主軸，轉而品論「香草山那管新來的米粉頭馬子」……。

詩人Ｒ通常最是意氣風發，高談闊論之後出示他的大本筆記，本子裡有詩有畫，詩句天馬行空，插畫也意象詭譎，才情令人驚嘆。詩人Ｙ則常常笑談幾句之後突然陷入沈默，躲在一旁用小本子振筆疾書，我與詩人Ｙ是共賃一屋的室友，我們是沒有隱私這回事的，我攫過他的書包，擒出他的小筆記本，裡面塗塗抹抹之處，有一些詩句正在艱難成形，那是一首一首詩胎生的歷程，我是那目睹生命現象的第一位讀者。

小筆記本的詩句裡，聲聲呼喚著瑪麗安，詩裡的場景不斷更迭，情節變幻多端，卻都環繞著一位女子的姓名，瑪麗安。

詩人Ｙ的瑪麗安就是但丁的琵雅特麗切，或許只是詩人上窮碧落下黃泉的靈感媒介，不一定要有明確的身影與指向，但我總聯想到同一個單薄高眺的身形，一位偶而突然來訪的女子，當我向她解釋室友不在時，她默默坐在書桌前的椅子，眼裡幽幽露出一種哀怨的神情，好像是說：「又去哪裡了呢？」但她輕喔了一聲，張口卻又停住，我自己也只覺得詩人室友最近躁鬱不安，我並不確知他的心情與動向，也不好多言，我們就這樣相對無言坐了好一陣子。

雖然是異國姓名的瑪麗安，只是詩人靈視中的意象，甚至也許應該是金髮碧眼，比較適合出現在詩人Y電影一般遍及全球的場景，譬如說〈在畢加島〉：

在畢加島，瑪麗安，我在酒店的陽台邂逅了
安塞斯卡來的一位政治流亡者，溫和的種族主義
激烈的愛國者。「為了
祖國與和平，⋯⋯」他向我舉杯

「為了愛，⋯⋯」我囁嚅的
回答，感覺自己有如一位昏庸懦弱的越戰逃兵
（瑪麗安，我仍然依戀
依戀月亮以及你美麗的，無政府主義者的肉體⋯⋯）

情境動人，詩句也打中我心中同等的懦弱與羞愧；但在我腦中，瑪麗安卻是具體的，投射的，永遠是我已熟識、同一位眼神哀傷、欲言又止、苦苦等待、最後終於黯然離去的修長女子，在最後的一段日子裡，我每次都想跟她說：「嘿，瑪麗安，回去吧，那個浪蕩子是不會回來的。」

因為有時候詩人與浪蕩子是一體兩面，或者說，外表是詩人，本質是浪蕩子，而浪蕩子本是真誠過日子的人，真誠面對自己感受的人想要

逃走，顧不及照顧別人，就走了……。

像個浪蕩子

原諒我吧

一萬四千六百年後，我再讀到這些句子，我知道詩人自己也知道了。但他請求原諒的，並不是眼神哀怨的孤單女子瑪麗安們，而是概括承受詩人魯莽一生的一切愚行的時間老爹。事實上，詩人的魯莽愚行更接近我們的真實內心，我們多半沒有浪擲青春的本事或勇氣，那些同時寫詩的朋友多半已經改行，在世俗世界討生活，有的家小成群，有的造園下廚，有的西裝革履，有的公司掛牌，或者有還叫做詩人的，但都多半已淪為名流或出賣文案，只能算是假貨罷了。但詩人Y，不是如此，他堅持浪蕩，流連街頭，企圖欺騙時間，永遠保持青春，繼續背著書包、過著延長青春期的莽撞生活，不為體制或命運所囿；這種對俗世責任或生命禁錮的頑強抵抗似乎是詩人真正的姿勢，雖然他已經靜默二十年，沒有出版任何詩作了。

或者一直都還在寫？詩人在充滿煙味與酒氣的小店裡，仍然躲開眾人，振筆疾書，在那小筆記本裡，仍然有青澀小獸正在孕育成形，一隻一隻掙脫出來，嚶嚶嘰嘰說出我們內心想說卻說不出口的言語？

真實面對自己的慾望與懦弱的詩人，我已經很久無法拿到他的書包，看到他的詩作成形；如今詩集《新詩十九首》撲面而來，很難讓我不動容。詩人當然也察覺欺騙時間的企圖已被識破，就連他，也不得不向時間老爹懺悔求饒，承認自己的不肖（他卻知道，因為是父親，時間老爹總是要原諒他的），他知道自己的揮霍已然到了某種盡頭，而這一切，回想起來，並非一無徵兆……。

這一次，詩人再度為我們這些不成功的寫詩友人，度量時間單位在我們身體與靈魂所起的作用，我們終究都要為我們的一切選擇而後悔不已；詩人此時也已經感到疲倦，他的母親已經獨自出發到遠方去了，他當然也看到，自己與終點之間，並無任何遮擋視線的人事物，路途如今是一望而盡了。那只是：「筆直，筆直的一條隧道路／向前漫漫延伸而去。」

為時晚矣
悔亦莫及

目次

左翻

導讀

這一次，他唱出了不一樣的時間之歌——讀楊澤的《新詩十九首》／楊照

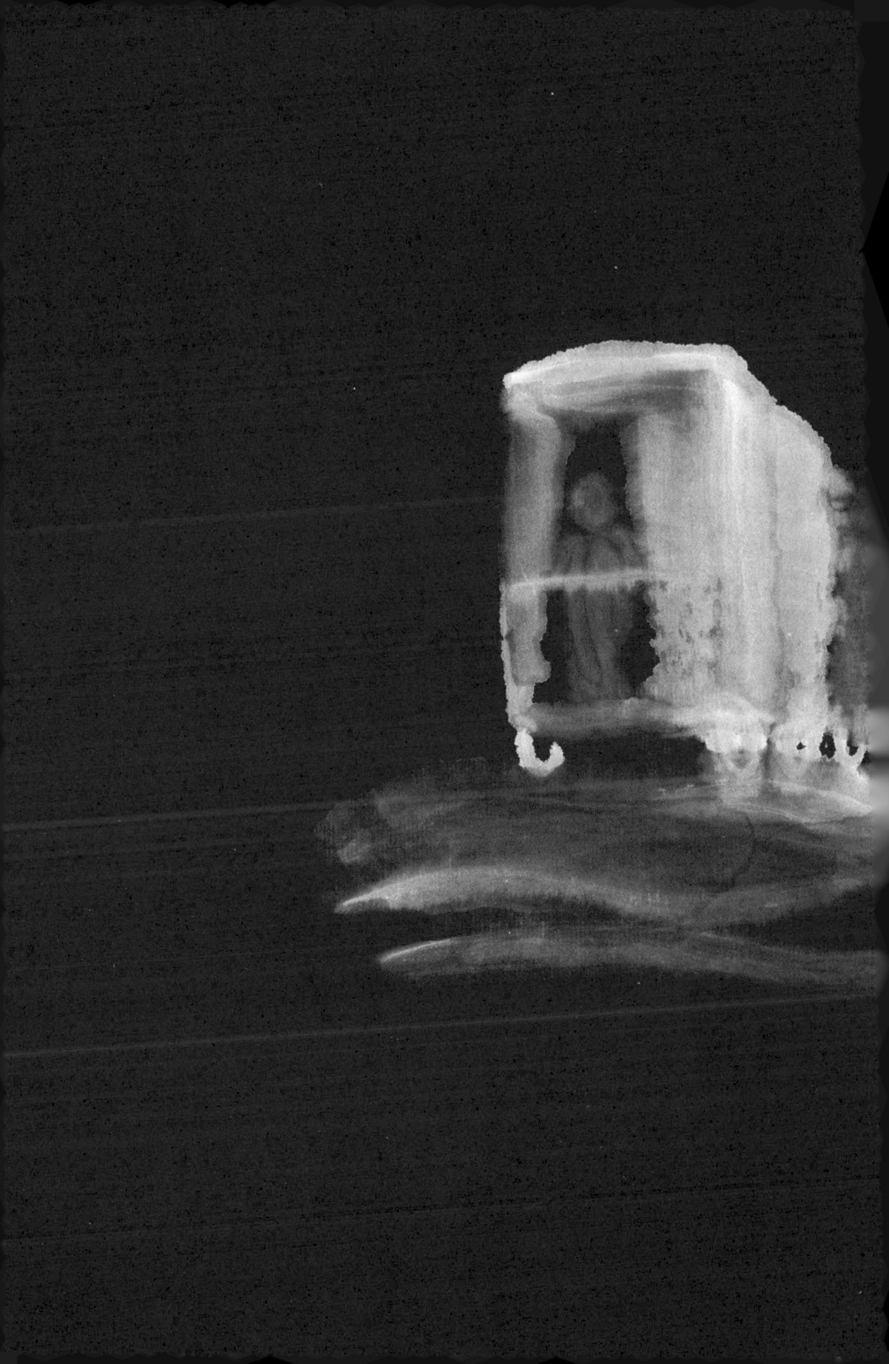

塞在哪的小冊子
一個人，於漫漫長途
偶爾拿出來，塗塗抹抹
藉以打發那些
百無聊賴的空檔

（理論上，至少
理論上就是了
並沒有誰敢僭越
那不思議的可能：
時間老爹
背著眾人
暗地裡

時間筆記本 — 代 序

也許，這麼些日子過來
世故體面的時間老爹
可真真忙壞了！
在地上各大城市旅行
來回穿梭，主持首發
各款極時髦的衍生性
時間商品

也許，這些日子過來
精光的時間老爹
壓根兒忘了也說不定！
的的確確，他曾有過
這樣一本如今不知

時間老爹

他老人家

可一點也

不在意的⋯

偷偷感到
一絲絲
無聊的可能⋯）

也因此
你手上這本
外表素樸
不，寒素極了的
十元商店筆記本
即便裡頭寫些
（悄悄寫些）
反抗時間的字眼
我估計

二連作（不肖兒外一首）

不肖兒

像個浪蕩子
原諒我吧

時間
我一向未曾
哦，謀面的老爹

像個浪蕩子
（你活生生
不折不扣的
不肖兒啊）
長期以來
我早已習於
拿你當大街上的銀行金控
當巷口的 ATM 提款機用
逕視你為一口

永不至
枯涸的井
而不自知
而不疑有他

像個浪蕩子
（不識好歹
不自檢束的
不肖兒啊）
我知道
我錯了！

然而

並非錯在
一股腦兒
逕自拿你
當一檔超穩當
穩當無比的
高獲利證券基金玩

而是錯在
（請務必
一定
原諒我吧）
渾不知
老爺子

您至為顯赫
奪目的出身
及來頭……

現在

現在
我回想起
一切並非
一無徵兆

打從一開始
我便是

在你影子裡出生
在你覆蓋一切的
影子裡玩耍
逐年長大，茁壯
變老
有朝一日
也終將在
你那無所而
不在的影子裡
告別，離開

現在
我回想
沒有多餘的感傷
多餘的懷舊
或糾葛

每一個
在黑夜中誕生
用青銅打造
拿蟬翼鍾薄
復以琴弦鍛之
鍊之

每一個
固定
準時
由太陽的早餐推車
送到眾人面前的
不平凡日子

現在
此刻
我坐在這裡
太陽阿爸
時間老爹：

我乃是你們
最最虛無
不真實的影子
我坐在這裡
長歌當哭

哭你們
曾一度
如此慷慨
餽贈給我的
每一個，大江
東去—逝水呀

悠悠的日子……

終於

終於
在街角
皺紋滿滿的
貓臉老詩人

（鼓起了勇氣）
對那少女說：
呔，歲月不饒人
靈氣逼人
色氣唬人
自欺欺人的女郎哪
請讓我作你的經紀人！

街友般
尋尋覓覓
左顧右盼
於大都會的
小市井

小巷弄

只為了邂逅
（有那麼一朝一日）
如你這般
無敵標緻的千年禍害：
長著一雙迷人貓眼
最最白淨的小手
小臉，小乳的

千年禍害呀⋯

瞬間

瞬間。
不回頭的瞬間。
我願意用我的瞬間
交換你的瞬間。

瞬間。
想著奇妙事兒的瞬間。
傍若無人，翩翩起舞的瞬間。

瞬間。
想著純潔的事兒的瞬間。
想著什麼，也不想著什麼的瞬間。
楚楚可憐，不知如何是好的瞬間。

瞬間。
渴望自體中毒的瞬間。
夢想又再顛倒的瞬間。

被一朵花擊倒
復被天空遺棄
被一顆星，一條河
殺害的瞬間。

瞬間。
夢幻泡影的瞬間。
我願意用我的瞬間
換來迎來你的瞬間。

瞬間。
我開始走向你的瞬間。
你開始走向我的瞬間。

再一次，我目睹
才升空的新月
（如琴弦那般
發出幽幽顫音）
俯身向街道，樓房，人群
向你我共有的世界的瞬間。

瞬間。
永不回頭的瞬間。
純粹，純粹的瞬間。
我們無非是
彼此手中，不盈一握
最最楚楚可憐的瞬間。

回到上個世紀

冒著生命危險
回到上個世紀

賭上生命危險

重訪初戀小閣樓

冒著生命危險
再拾迴旋之梯

賭上生命危險
掀開靈魂底牌

冒著生命危險
走下鏡面深淵

賭上生命危險
獨闖時鐘背面

冒著生命危險
過去現在未來

賭上生命危險
水中破碎的臉

冒著生命危險
往事探戈那卡昔

賭上生命危險
世上何人何曾

無軌電車

時光止步
遺忘無邊
其情滄桑
益顯綿綿

時光止步
遺忘無垠
其恨纏繞
益發久久

時光止步
遺忘無盡
其愛冷漠
益覺悠悠

相思河上
無軌電車

無臉之男
其聲嚶嚶

相思河上
無軌電車
無臉之男
掩面哭泣

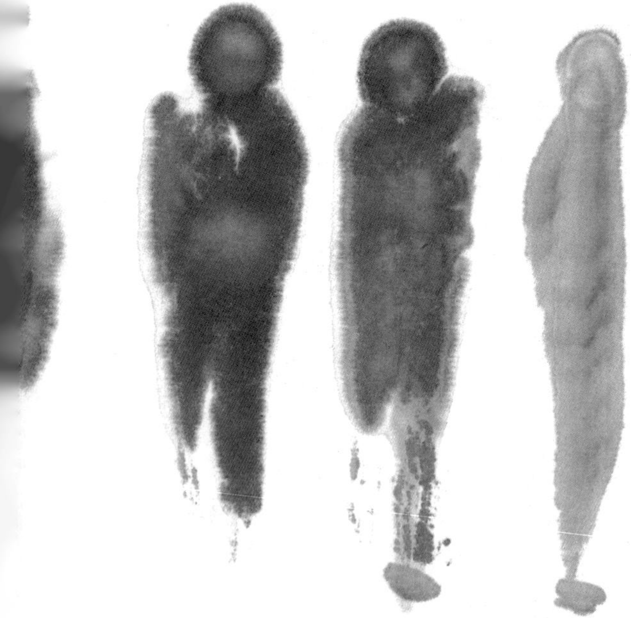

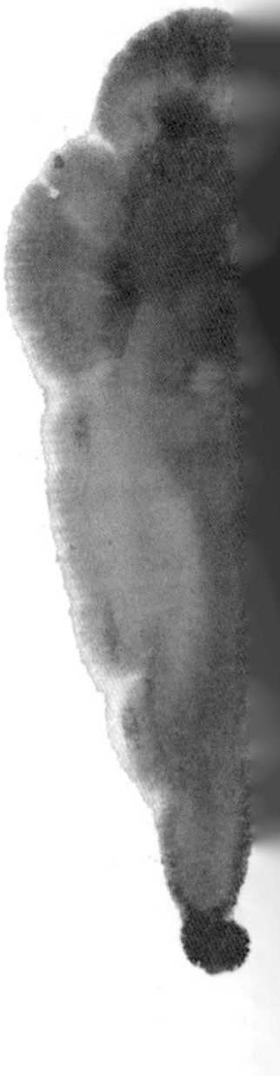

少年時代

少年時代
你也曾　以為
人生遙遙無盡
情愛遙遙無盡　而

死神的喪鐘悠悠
蕩蕩　同樣亦漫漫
無期　喪鐘
喪鐘聲響
並不為你　而敲
而鳴

少年時代
不留意　一晃眼
過去了
歲月無情（此處
破折號該有平生的日夜
加起來那麼長）

你中夜驚起
人在北國
坐擁一床
回不去的舊夢
如窗前枯椏
如曉星

無言
濶別重逢的夢魂
紛紛
黯然隨天光而逝

天光乍現

落葉們
在屋前
逐步堆高
在風廊下嬉戲
長久的翻滾
咆哮　追逐
嚎聲嘹亮
陡升
如笛
如嗩吶

晨星隱去
天色漸開

莫用懷疑
那絕非
往日
悔恨有加
懊惱有加的獸蹄聲
漸行呀漸遠

晨星不見
天光大作
那莫非是
未來之日
命運
高大的馬背

在召喚
催促你

最後一回
整裝上鞍⋯

一個人的旅程

——送母親遠行

這回似乎——全然
顛倒過來了——
反而是，母親一個人
出發到遠方去了⋯⋯

我看見母親
長年抱病在床的母親
小立街頭張望
揹輕便黑包包
臉上薄施脂粉
一身勁裝打扮
儼然恢復昔日
年輕時的姣好模樣
招來一部小黃
逕奔巴士站而去
我目睹母親

略側一張臉
佇立眾「亡靈」身傍
在隊伍中，耐著性子等候
然後，墨綠色大巴倏然而至
眾「亡靈」一哄而上
只有母親，從容依然
最後一人登了車

然後，我果然見到了。
隧洞—長長的
筆直，筆直的一條隧道路
向前漫漫延伸而去

我見到，大大小小
至少不下幾十
不，幾百座
首尾相連的隧洞
墨綠大巴於其間
高速無聲奔馳
彷彿籠罩在異樣
璀璨的橙色燈海

一個念頭閃過
我自問：莫非
這難道呀就是——
浩浩蕩蕩，傳說中

那一路直抵地心的
時光隧道麼？

在地心：
一車人忽忽
抵達了龐然
怪物般的巴士總站
這其實是一座，面目
猙獰之皇皇巨廈
刻意外露的鋼管
清一色的毛玻璃
冷冽的金屬材質
在處處以未來派風格

為號召的規劃底下
內部空間被統一
切割成幾近數量
無限多的「鐵盒子」──
二米見方規格
僅容一人迴身

是的，我不禁悲從中來！
這就是了，一間間
空蕩蕩，冰冰
冷冷的小鐵屋！
一間間，禁錮
亡靈欲望及記憶

愛與恐懼的小鐵屋！

我見證，噢母親！
你朝我緩緩轉過身
將方才在大巴
一手寫就的明信片
丟入門後小郵箱
我見證，噢母親！
一身勁裝打扮
如此陌生，又如此
美麗的，我的母親！
露出幽幽一笑
在不容髮之瞬間

臉上無一絲絲
遲疑，將自己
投入了—
牆面正中央
一逕滾滾生煙的
閉路電視螢幕中…

這回似乎—全然
顛倒了過來—
反倒是，母親一人
悄悄離家遠行去了…

懷舊甚至，也已不是舊時的滋味

快速路盡頭的碧潭夜晚：
月升月落，恍如
荒涼的夢中之夢
懷舊甚至，也已不是

舊時的滋味

惱人的，然而
並非時間
貿貿然奪走了你我
一代人的青春遊樂園
並非這些那些
時代的遺址，廢墟——
廢墟下，這裡那裡
遭命運毒害了的
無頭玩具……

儼然，一則

無頭的謀殺公案
多少呀多少回
我踩著迷離的心情
悄悄潛返
形骸肆舞的遊樂園
佯扮成無所
事事的匿名偵探
暗自蒐集那遺落
現場的任何線索及細節
（哎，這些那些
年少的熱情與愚行！）
儼然，長年未告

偵結的無頭公案
我反覆，噫，推敲演練
只為偷偷找回文明
暴力的起點，重建時間
冷酷的死亡現場⋯⋯

惱人的，然而
並非時間
而是，你我逐漸靠攏
接近死亡的生命現實
甚至，並非死亡⋯⋯
有形無形，這人
那人的趨近終點

有情無情，這世界
那世界的宣告
結束和消失⋯⋯

快速路帶你我
漫漫而來
穿過了，鄉愁的隧道
穿過了，時間的幽靈魅影
因為這是：眾芳蕪穢
山水告退的時代
鬱鬱蒼蒼的台灣島上
如今，處處是
寂寥無聲的新造市鎮

寡歡無愛的失樂園
（月升月落，恍如
荒涼的夢中之夢）

快速路帶你我
緩緩而來
穿過了，鄉愁的隧道
穿過了，時間的幽靈魅影
多少回呀踏月歸來
失樂園的喑啞寓言
你我青春的想望與夢—
如今回眸望去

懷舊甚至，也已不是
舊時的滋味

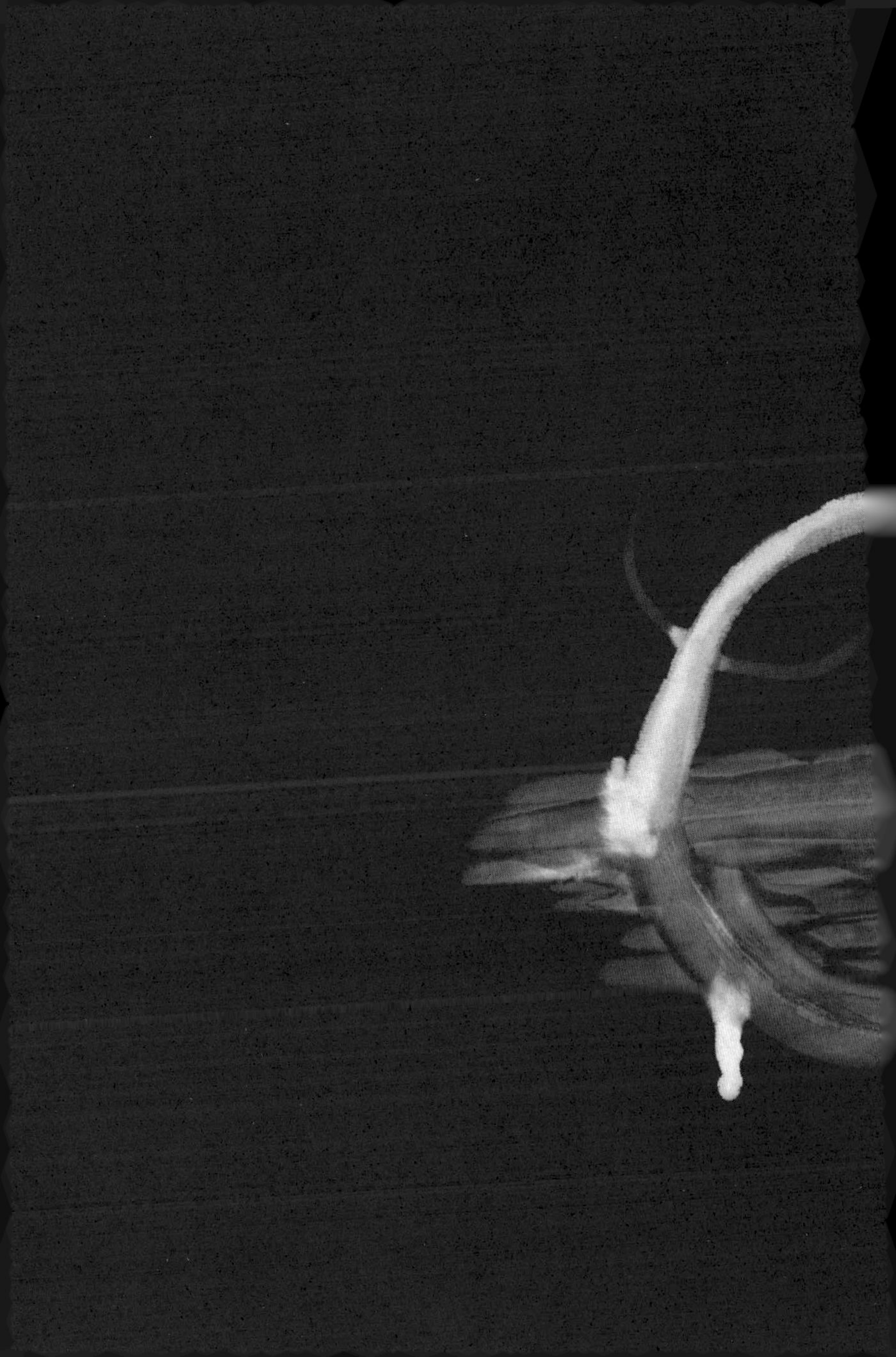

哦，那些青澀小獸的日子

那些日子：
那些年少輕狂
只為覓詩狂的日子！

百般無賴，惟恐天下不亂的我等
大清早便從宿舍後門溜了出來：
「陰寒著臉的老天，掉落
大樓水塔後方的漠漠老天哪
如果，拿我輩年少的前額
輕輕抵住——不正像
長期以來，你我一直
那麼熱衷談論著的
死亡的側臉⋯⋯」

晃過空蕩蕩的大操場
路經文學院荷花池
不知怎的，我老抄

那條少人行的小徑
一時間，潛行而過
農藝系後門的花海
自覺宛如人贓
俱獲的採花賊

我等無法解釋
自身的行徑
只自知，有那麼
一曲憂傷的調
蹺蹺板般，溜滑梯般
老在胸前肋骨間
盤旋不下。終日

忽忽若狂：

我站在總圖二樓
幫路過杜鵑花叢的
每個女孩，從一到十
一本正經地打分數
「尋章摘句小雕蟲」
Dear R 和我約好
在我們咖啡屋
謄一下午的詩稿
（順道拐過去
香草山探看那管
新來的米粉頭馬子）

但我等
更在意的，其實是：
當夜幕低垂
在西門町
（宇宙的中心——佯狂
耍酷的青澀小獸眼中
「哇噻，地球上最大的打獵場」）
你我呀，四處兜售
愛情的姿勢⋯⋯

哦，那些忽忽若狂的日子！
那些青澀小獸的日子！

久久
忘不了的
卻是這樣
一個古典的
月圓之夜：

在城市邊上
當濃烈的硫磺味
蛇木般，擄住了
人類呼吸

在月光下

在睡死，或
沒睡死的
大屯火山傍

我和戀人小立
五葉松前
難以置信地
望著
眼中的紗帽山

女媧當年
棄置在此：
女體般

橢圓無儔的
冥頑巨石
從地平線上
升起⋯⋯

酒之連作

——給在東

a

白酒，乳酪，巧克力
滿載鮮花的馬車

自旅館巷道中斜刺而出
在滂沱大雨裡一閃即逝

除了當年
我們戀愛過的
那些美妙的女郎們—
人生原不值得活的

b

紅酒是與朋友分享的
尤其在城市的暗暝

七八空瓶散立几前
宛如撈自深海底層

富於時光變幻滋味
及表情底杯中物呀
在眾人間來回傳遞

明朝大醉醒來
各自竊喜於
回到少年時代般—
腹下那硬梆梆的感覺⋯

半島酒店口占一首

午夜鐘響，我回想
你的唇上之蜜
你的眼中之星

片响前的貪歡
源自，你腰間
汩汩流出的
那股騷動

殖民地的夜晚
情愛蔓延如劇毒
在同一張，古老
古老的鴉片榻上
我的酩酊呀

如露亦如電

米哈波橋上，口誦酒偈一首

a

人在橋上過
酒在橋下流

人在橋下走
酒在橋上流

b

睿智的阿波里奈啊
善愛能飲，且充份
痛飲狂歌過的
就怕現在

連你也記不起
生前一杯酒的滋味

即便，你墓中
尚存的牙齒們
也不能回答

我當年一直
想問問你的
那些，要緊或不要緊
致命或不致命的問題：
有關，鐵塔與超現實

酒精，戰爭，還有女人

虐或自虐，等等
非彼或此，亦彼亦此
任誰也參不透的問題呀

C

世事幾度滄桑
人生大醉一場

d

把一顆因注滿
酒精而腫脹不堪
且從頸部開始，慢慢
鬆垮下來的頭顱

齊沿切下，放到那
淡水河邊的蘆花叢
擱入一卡舊皮箱
讓它往昔時海口遊

流呀流　漂呀漂

整座眼前黃昏
還有海天遙遙一線
還有，觀音山火紅倒影

乃如夢境般
熊熊燃燒起來…

法國詩人阿波里奈（1880-1918）曾將巴黎鐵塔擬為牧羊女，寫出「牧羊女，啊鐵塔，今晨橋群開始朝你咩叫了…」這般妙句，而「超現實主義」一詞亦首創於他。〈米哈波橋〉（橋在巴黎鐵塔附近，為連結賽納河兩岸的橋群之一）為其代表作，也是上個世紀法語世界最膾炙人口的情詩。阿波里奈另著有色情小說《一萬一千鞭》。

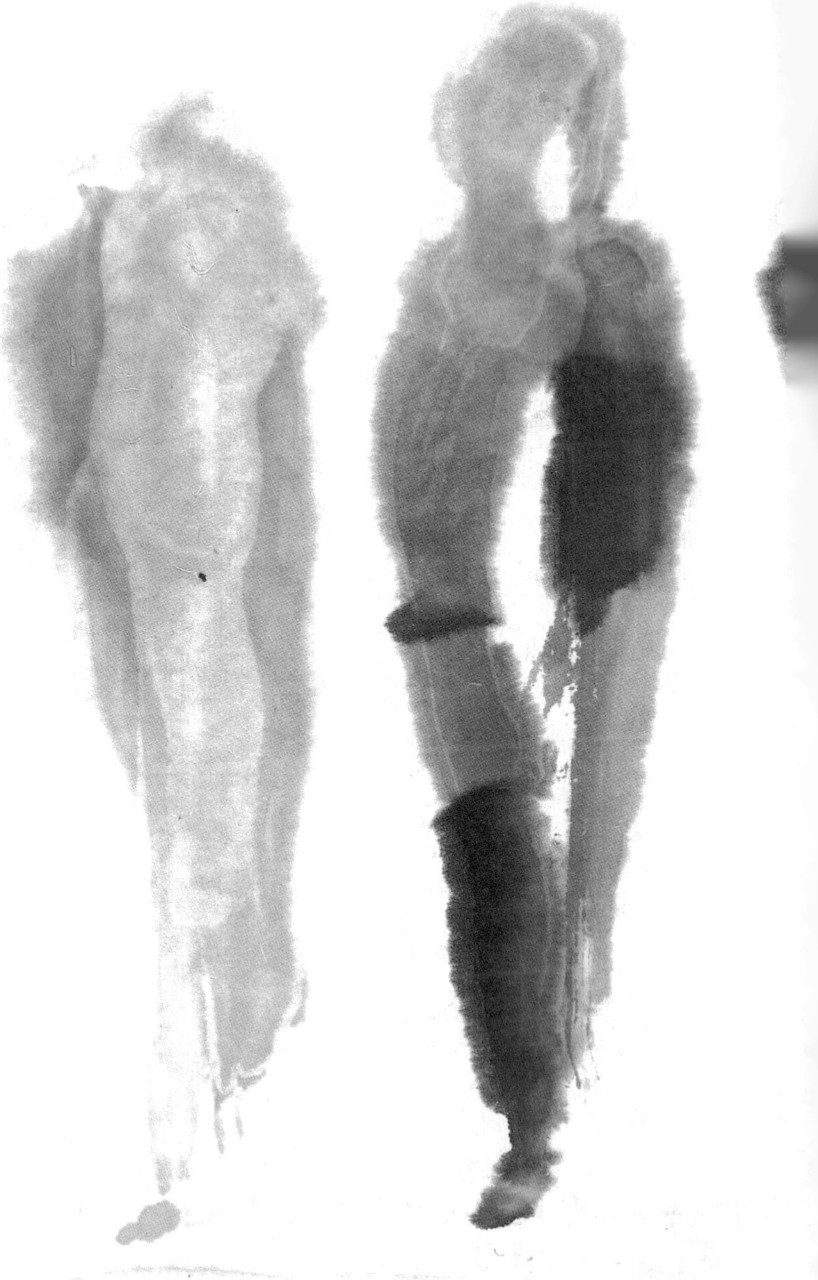

七條之歌

妓馬
皮條客

a

按摩的盲天使
還有，盤據於大街
小巷的囉客唆客們：

當頹敗的胃囊牽引我
走在燈紅酒綠的路上
在午夜，我聽見
這些古老的巷子
仍然喊著渴！

b

妓馬
皮條客
按摩的盲天使
以及，盤據於大街
小巷的囉客啖客們：

當頹敗不堪的胃囊
牽引我，我的身體被沈沈
睡意麻醉，被碎石割傷
當我一再，徒勞地，試圖爬起來
我聽見，在午夜星空下

這些古老，古老的巷子
仍喊著渴！

c

同你們一樣
我也是
不及格的賤民
一名永恆的七等生！
痛飲狂歌，在地上
過著一無所愛的生活

上帝！人類！家庭！
財富！榮譽！地位！
當青春的幻影
情愛的幻影
酒精般
蒸發殆盡

我既是醉
也是醒
既是夜晚
也是白天

既是美酒，美食滿溢的大地
也是大地上的人渣！

d

上帝！人類！家庭！
財富！榮譽！地位！

猶如橫躺路傍
被午夜星空狠狠
撞歪了的

一根電桿木

我也是
不及格的賤民！
一名打死不退
永恆的七等生！

只是——狎興生疏
酒徒蕭索
不如去年時……

囉客唆客，台俚，街頭小混混。

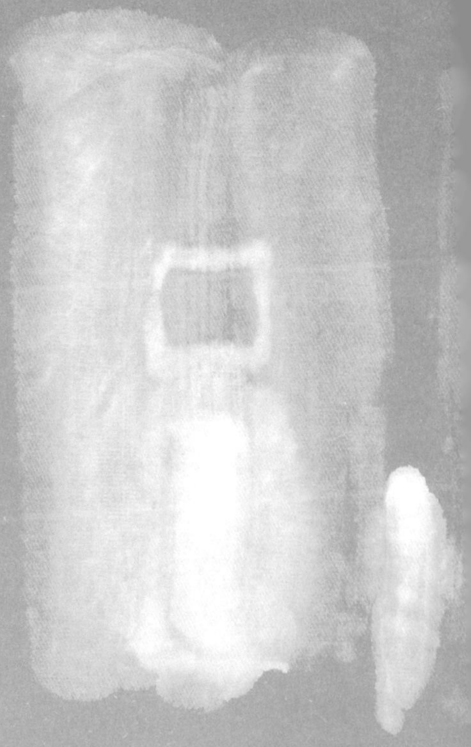

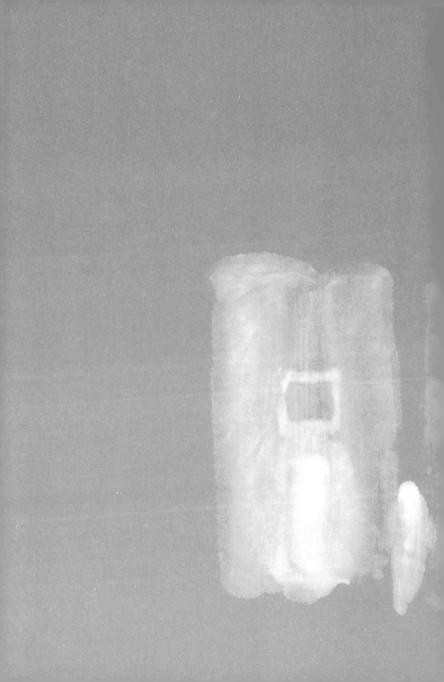

二連作（新寶島曼波外一首）

新寶島曼波

慢車，每站必停的慢車
慢車，開往過去的慢車

大站過了，小站；
小站過了，稻田；
稻田過了，蝴蝶；
蝴蝶過了，是海！

慢車，每站必停的慢車
慢車，開往上個世紀的慢車
上一站，乃是台灣的童年！
上一站，乃是海島的創世紀！

從島的這頭到那頭
從濱海小站到內山部落

其遼闊，其遙遠，乃一度如
哎，從太平洋到好望角！

大火車頭，小火車頭—披星戴月；
老機關車，新機關車—日以繼夜；
米糖，香蕉，舶來品！
牲口，青果，樟腦茶！

慢車，開往過去的慢車
兒歌般，慢船般
搖呀搖，晃呀晃
搖出了，多少人的鄉愁，多少人的歌！

大站過了，小站；
小站過了，稻田；
稻田過了，蝴蝶；
蝴蝶過了，是海！

慢車，每站必停的慢車
慢車，開往過去的慢車
兒歌般，慢船般
搖呀搖，晃呀晃

卻把你我的孩提
瞧，偷偷搖出了搖籃外！
也把台灣搖到了

洄瀾壯闊的，世界的外婆橋！

新台灣恰恰

唐山過台灣　恰恰
海角一樂園　恰恰恰
台灣回唐山　恰恰
又造新天地　恰恰恰

唐山過台灣　恰恰
台灣轉唐山　恰恰恰

若為世界故　恰恰
兩者皆可拋　恰恰恰

台灣特快號　恰恰恰
網上做先鋒　恰恰
上天又下地　恰恰恰
誰管我是誰　恰恰

不唱舊藍調　恰恰恰
台灣跳恰恰　恰恰
Sexy 兼漂魄　恰恰恰
誰也不管誰　恰恰

空氣在人激　　恰恰恰
舞步在人蹈　　恰恰
一人一個調　　恰恰恰
誰管誰是誰　　恰恰

香蕉老天堂　　恰恰
Puff 新樂園　　恰恰恰
跳完恰恰恰　　恰恰
再來舞踢踏　　恰恰恰

一〇一煙火，口占一首奉東坡

舉城忽忽若狂
當二〇〇五也開始
暗自倒數
我卻獨獨想起了

千載以前的你

哦，東坡先生！
不在月球的表面
而在地球的這廂
不在帝國大廈高插之雲端
而在四野暮色早闔，人頭
依舊鑽動的東城九五峰

思想的閃電擊中了我！
我，一介南朝讀書人
「萬人如海一身藏」—貿貿然
召你前來，偕我同遊

這高度物質文明的煙火盛宴

舉城若狂，惟我
記得，千載之前
同樣的陰晴圓缺
同樣的剎那永恆

你也曾冷對
現世無常
古今變化滄桑
發出那則有名的浩嘆

千載之後

台北夜未眠
火樹銀花，酷似那
「東風夜放花千樹」

我想悄悄
附在你耳邊說的是：

資本主義不算
民主其實也不算
有啥了不起

但，煙火還真好看
不是嗎，東坡先生？

月出東城

a

傍晚

月出東山

遠遠看見盆地上
灰濛濛大都會

毛玻璃般
灰濛濛的河
還有高樓山
霧濛濛的人呀車

月出東山
紅塵萬丈
一朵怪雲
不期然而然

卻從長街那頭
飄了過來

b

啦啦哩啦
啦啦哩啦啦
在一日終了前
嘩嘩然
一陣萬頭鑽動
果不其然
果不其然的降臨

那是眾人，極其呀
熟稔，熟稔得不得了
垃圾大隊的罐頭樂
悄然襲至

c

啦啦哩啦
日復一日
眾人似乎早已
習慣了，這場
回收萬有的偉大工程

懂得做好分門
別類，再進一步
把我們，繁複無比的
現代生活分裝成
一袋袋
大同，卻也小異的
精緻垃圾

嘩啦哩啦
日復一日
嘩啦哩啦啦
到頭來，不管
有朝是否記起

紅塵中人
有誰未曾
在夢裡
魔咒般，反覆聽過
這長串，極其簡單
卻也呀邪惡的音符！

d

城市
在晚霞的
汽油彈中

起火燃燒
開始傾斜
向下
沉沒

夜幕
降落盆地
行道樹
寒風裡
簌簌發抖
啪啪落了
一地

忽然
縱身而出
雪披烏雲
一匹白馬，突現
一〇一高塔上方
蹄聲達達
絕塵而去

驀然回首
並沒有任何人
—故人，或任何
慈悲的陌生人
等在那
燈火闌珊處

七連作

貴婦

（除了包包，還有包包）

紅色包包形狀的男人女人及城市
紅色包包形狀的鼻子眼睛或嘴唇
紅色包包形狀的遊艇跑車小狼犬
紅色包包形狀的起司巧克力艾菲爾鐵塔
紅色包包形狀的星星月亮及太陽

（除了包包，還是包包）

紅色包包形狀的珍珠瑪瑙及翡翠
紅色包包形狀的乳房耳垂肚臍眼
紅色包包形狀的師父師姐及師兄
紅色包包形狀的豪宅別墅私家飛機
紅色包包形狀的帝國大廈舊金山大橋

（除了包包，一切都是包包）

紅色包包形狀的床沙發更衣室
紅色包包形狀的雲沙漠金字塔
紅色包包形狀的飯店咖啡館俱樂部
紅色包包形狀的廣場音樂廳歌劇院

紅色包包形狀的森林大火
持續在電視上日夜延燒⋯⋯

咖啡館

文青固定來此
擦拭他們心靈的玻璃窗

進步青年

除了公理正義
還有屌及鮑魚

君非切之知之必要

庸見詞典

網購是愛慾
（一笑傾人城）
名嘴是死欲
（再笑傾人國）

地鐵站

人潮來往
如船笛長鳴

如今，我敢斷言
已沒有誰是座孤島

朝也庸庸
暮也庸庸

只剩偉大的失眠
倒過來，成了你我

每個人，最後的
黑暗大陸⋯

祈禱

失眠是工業
憤青是祈禱

碧潭吊橋

凌晨六時
天光轉白
晨風悠揚
吹起昨夜
一地垃圾

凌晨六時
但見一人
逗留橋下
姍姍然
夷夷然
尋思生還者的充飢計畫

此岸與彼岸
過去與未來
虛無與推理
殘缺與選擇

精神一陣抽搐
吊橋嘩然倒下

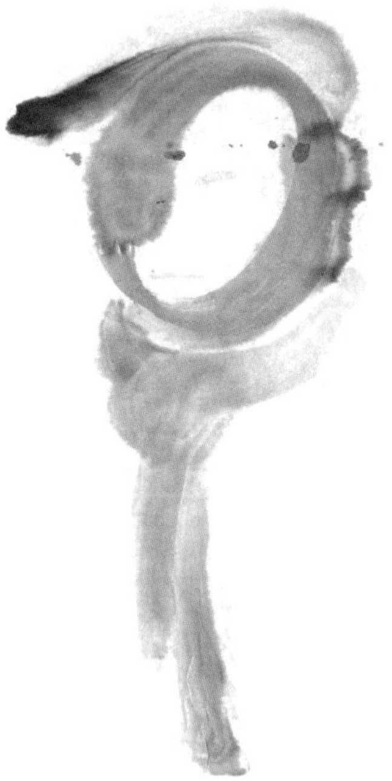

請莫懷疑

為時晚矣
悔亦莫及
天起涼風
等你一朝醒來

推窗而望
發現秋天的人行道上
赫然鋪滿一整地日影
和落葉颼颼
你的大半人生
老早拋你而去

請莫懷疑
涼風吹起
草上日影
一天短似一天
當舊樓隱身午夜的最前線
因雨而淅瀝

而哆嗦
床上的人乃輾轉憶起
無從排拒的往事
漲落如潮

為時晚矣
你匆匆返回
時間軌道的凹槽
在多少齒輪與齒輪的縫隙間流浪
重新領悟
屬於你和整個世紀
所有夢幻泡影的真理
直到，神諭般

公寓上方，空蕩蕩傳來
斷斷續續的鋼琴聲如訴

床上的人呼喊坐起：
有如，午夜盡頭的秘儀
那清清冷冷的琴樂
卻拎著你
赤腳走過烈火
瞬間拯救了你！

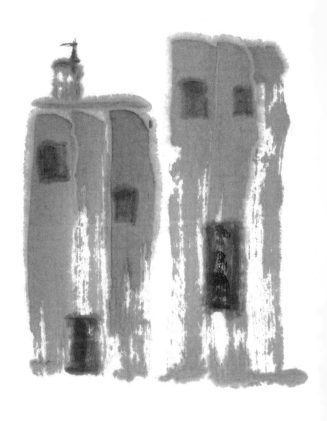

禁止哀悼

日之夕矣
野之荒矣
禁止哀悼
小白兔

莫要號啕
你如今
早不復是
那一意孤行
明知故犯
累犯
卻一再　請求
時間縱放
寵溺的黃金男孩

日之夕矣
河之湄矣
禁止哀悼

小公兔
莫要哭泣
青春的熠火
熄滅久矣
四顧茫茫
你如今
老早不該
亦不宜
繼續追求
美酒華服
來強加掩飾
內心的悲情
還有　眾人眼中

你日益衰老
鬆弛的身形

日之夕矣
歲之暮矣
禁止哀悼
小野兔
莫要神傷
等最後一批
晚來留鳥
紛紛　落腳沙洲
在獵人
現身對岸前

與其
在無盡
且無遮蔽的
天地間
努力　找一個
深深的洞
把自己
埋了

倒不如
拿出
僅存的
本能及勇氣

再一次
面對
斜陽的方向
向遠方

那條
看不見
細細
地平線上
藏有　菜根
野莓果的
林子深處
奔跑而去……

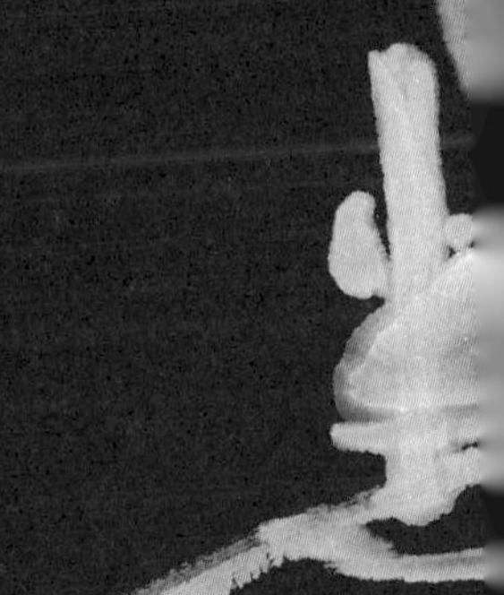

的節奏，光亮幽默的大調鋪陳，唱出時間之歌，使得詩的聲音及其意義，產生了微妙的內在衝撞，一併撞上我們的心頭：

瞬間。
永不回頭的瞬間。
純粹，純粹的瞬間。
我們無非是
彼此手中，不盈一握
最最楚楚可憐的瞬間。

簡樸聲音的連結外，還有清楚的主題連結，那是「時間」。最原始、最素樸的悲哀，是時間所創造的方向性，一去不歸的絕對單向道。《新詩十九首》也充滿了關於時間的感慨，然而相較於《古詩十九首》，楊澤對待時間的態度，不全然是悲劇的，往往在必然的悲劇中夾帶了幽默的喜劇，甚至放蕩無賴的鬧劇。

當楊澤說「懷舊甚至，也已不是舊時的滋味」時，他意識到「……眾芳蕪穢／山水告退的時代／鬱鬱蒼蒼的台灣島上／如今，處處是／寂寥無聲的新造市鎮／寡歡無愛的失樂園」，我們不可能再用舊有的方式懷舊，但懷舊的需求永遠不會逝去，毋寧得找到不同的懷舊方式。而他，其實是帶著點興奮、帶著點驕傲地看待「懷舊甚至，也已不是舊時的滋味」的時代挑釁與挑戰的。

因為他成功地直視這份挑釁與挑戰，拿出了他的「新懷舊風」成績，或說，一種全新的時間反思的風格。他不陷入舊式悠遠的小調沉吟，卻反向操作，以年輕佻達

這樣的詩句，一方面讓我們回想起多年之前楊澤就曾經靈光閃現地在一首叫〈拔劍〉的詩裡近乎戲弄地挑逗我們：

日暮多悲風。
四顧何茫茫。
拔劍東門去。
拔劍西門去。
拔劍南門去。
拔劍北門去。

這樣的詩句，另一方面讓我們想起了楊澤的忘年交木心。不甘於白話中文愈來愈有限的韻律，尤其不耐煩於白話中文在句法上冗踏囉嗦，卻徹底遺忘了音聲反覆能帶來的韻律效果，木心始終不懈地探索著、開發著不同於白話中文的節奏感。顯然，楊澤也是。

從《古詩十九首》到楊澤的《新詩十九首》，除了

是的，楊澤用一種音樂 DJ 的態度與精神，書寫《新詩十九首》。他要用他選擇的音樂讓你以或快或慢的動作搖將起來，搖出特殊的情緒與感受。他要你聽到音樂，聽著他選擇的音樂，放掉原來的心情，變得更簡單些、更單純些，同時弔詭地更深刻些。

時光止步
遺忘無邊
其情滄桑
益顯綿綿

時光止步
遺忘無垠
其恨纏繞
益發久久
．．．．

《新詩十九首》要回到《古詩十九首》式的簡單、素樸聲音。只是楊澤要繞過的，不是「近體詩」，不是「四聲八病」，不是「四六駢文」，而是台灣現代詩的一些固定的、習慣的模式。一種腦中文字意義走在肉聲刺激之前的模式。楊澤要逆轉聲音與意義，他要用聲音來引導意義，他要讓意義被用極其肉體的方式，先被聽到、先被撞到，然後才被看到、才被知覺。

這回我們明白了，多年前，當他說「讓我做你的DJ」時，原來他如此當真。

太陽照舊升起　日夜旋轉
如一張憂鬱打造的大唱盤
當你我，賣力爬上明日的陡坡
望中卻只有昨日的下坡路
請快來——夢幻遠颺的酒館報到
讓我做你的DJ

太不重要了！

如何回歸這個源頭？歐洲音樂史上出現了兩種不同的選擇，走出兩條很不一樣的路。一條是持續、更徹底地打破規範規律，終至將調性、和聲、固定強弱節拍通通丟進歷史的字紙簍裡，浮昇出「無調音樂」、「十二音列」等「現代」風格。還有一條，則是去挖掘從來不曾自覺調性、和聲、節拍等音樂規則的民俗聲音。那是「前音樂」的音樂，那裡面應該會有能引領我們趨近「前文明」情感的線索。

以音樂史作比擬，那麼《古詩十九首》之於楊澤，就像匈牙利、保加利亞、羅馬尼亞民歌之於巴爾托克吧！《古詩十九首》是中國古典詩正式「古典化」之前，最重要、最傑出的作品。在那個五言詩的洪荒開闢階段，還未曾經歷「四六駢文」對於文字對偶的考究，還未曾經歷「四聲八病」琢磨出的語調抑揚規則，還未曾經歷「近體詩」對於「體」的講究、執著。那是相對簡單的、素樸的聲音中唱著相對簡單的、素樸的哀傷。

這樣的迷疑困擾，不是楊澤一個人的。廣一點、遠一點地看，十九世紀歐洲音樂史，曾經壯闊地迎接這份矛盾。浪漫主義的音樂，勇敢地打破了原有的平衡規則，創造出更險峻的和聲、更極端的速度變化、更驚愕的音量效果，來表達古典規範下無法表達的強烈情感。為了獨特的、澎湃衝決的情感，必須放棄原有的理性、節制、平衡。

然而幾十年的浪漫主義潮流沖刷下來，浪漫主義音樂自身變得極其繁複曲折，以至於無法對應回原先創造了浪漫主義的那份直接的、衝決文明羅網的力量。浪漫主義建構起華美的「主義」，卻失去了原本啟動這一切的「浪漫」；「主義」是文明的、複雜的；「浪漫」卻無可避免帶著本能動物性，帶著直接的、簡單的渴望。「浪漫」的根本原型，誰也無法否認，是《羅密歐與茱麗葉》，是青少年的荷爾蒙騷動，是不顧一切的原欲刺激，在最簡單的衝動下，家族世仇恩怨、甚至下一刻、明日的生死，相形之下都太複雜、太麻煩了，同時也就更直覺吧，怎麼會反而被視為遠離動物本能，剩下文明修飾的模樣呢？

或許早在那個時代，現代詩就已經留下了這根本的矛盾，困擾著楊澤、考驗著楊澤。詩明明是瘋狂的東西，詩明明是靠著身體裡某種抑制不住的熱情而迸發的，還有，詩明明就必然也必須包藏許多瘋狂熱情中所看到的、所聽到的暴亂異象，有神話有末世毀滅式的啟示，為什麼人們，甚至包括詩人自身，卻以不自然的文明角色、以繁複的節制修飾來包覆詩呢？

有沒有可能找到一種詩，可以還原詩的衝動中的這份「自然」，這份動物性的熱度？有沒有可能繞過所有這些已經存在的浪漫抒情手法，回到浪漫抒情的本源上，重現浪漫抒情的開端——拒絕日常語言是因為日常語言和現代時間一樣，太過平庸、太過均衡？有沒有可能找到一種表現，可以真正讓情感更自然、更直覺、也就更動物性，而不是讓情感更隱晦更曲折，也就更需文明與知識介入銓釋而離開日常語言？

現代詩用各種方式顯示這種「理性」時間的粗暴與霸道。現代詩的形式，基本上便是對抗「理性」時間的工具，拒絕順暢流盪的拍點，自覺地扭曲聲音與文法的順序，戲劇性地濃縮、省減敘述，來將讀者從假象的、平均的、無聊無趣的「理性」時間中拔出來。

在那〈青澀小獸的日子〉裡，「那些日子：那些年少輕狂／只為覓詩狂的日子」裡，楊澤也曾經理所當然地隸屬於這樣的現代詩陣營裡。然而，也早在那個時候，他的詩的追求，似乎就帶著一份對於現代詩基本前提與集體聯想的微微不滿，或微微不自在。

最不自在的，應該是現代詩人擺出的高度文明姿態吧？應該是現代詩人比一般人更文明更遠離動物性需求的形象吧？多年之後，楊澤找到了他要的字眼來彰顯這中間的不對勁，一下子就攫住了我們的注意。他說：「哦，那些青澀小獸的日子」，他說：「佯狂耍酷的青澀小獸」，是了，詩人、詩的追求、尤其是每每陷入「忽忽若狂」熱情中的詩的追求，明明比日常生活更動物性、更感官、

足以對抗時間的音樂，將之化而為詩，寫出一種能夠對抗時間的詩。

或者說，更能夠和時間好好相處，不需以緊張、對峙的態度對待時間的詩。在這裡，楊澤碰觸到了現代詩和時間的特殊關係。現代詩的成立，來自於現代生活與現代性，來自於人被迫活在「不自然」的時間中，所產生的困頓、焦慮、掙扎與迷茫。海德格說的：物理性的時間，是沒有時間感的時間。自然的時間，不管用什麼方式定義「自然」，是不平均的，有著不同的濃度。春天的成長時間，步伐、密度不同於秋天的凋零時間。醒不過來的噩夢中一分鐘，擠滿了超過飲酒歡笑半小時所能包含的時間內容。

這種有濃有淡、時快時慢的自然，在現代生活中被代換以「客觀性」、「理性」的時間。一天被分成平均的二十四小時，一小時六十分鐘，一分鐘六十秒，要我們相信、要我們接受，進而要我們活成每一秒都等值、每一分都等值、每一小時都等值。

音樂，何種音樂
搖將起來，歌將起來
可拭生者臉上的淚痕
音樂，何種音樂
搖將起來，舞將起來
可使時間不用過去
未來不必發生？

上一回，我們在詩集《人生不值得活的》之中讀到這樣的句子，很自然地視之為 rhetorical question，以問句的形式來強調音樂的重要性，來表達對於音樂的信任，在所有的現象與表達中，只有音樂，從時間之流中悠悠流過來的音樂，弔詭地將人帶入一種無時間的入迷狀態中，遺忘了時間。

現在我們才發現，也才明白，原來對詩人來說，這是真正的問題，需要尋找答案的問題，而且他不避艱難地立意尋找，要找出那搖將起來、歌將起來、舞將起來

這一次，他唱出了不一樣的時間之歌
——讀楊澤的《新詩十九首》

／楊照

這回，將近二十年後，楊澤寫出了一種全新的節奏。和他自己過去的詩作比較、放入中文現代詩的歷史脈絡下，都是全新的節奏。

全新，但當然不是完全沒有來歷。聽著這節奏，我們重新回頭理解了過去讀過的某些作品，原來是意義深遠的前導，含藏著等待萌芽成長的種子。例如這樣的句子：

時 間 筆 記 本

新詩十九首——時間筆記本

作　者　楊　澤
總編輯　初安民
責任編輯　宋敏菁
美術編輯　黃子欽
內頁畫作　杲中符
封面題字　何信旺
校　對　楊　澤 宋敏菁
發行人　張書銘
出　版　INK印刻文學生活雜誌出版有限公司
新北市中和區建一路249號8樓
電話：02-22281626
傳真：02-22281598
e-mail：ink.book@msa.hinet.net
網　址　舒讀網http：//www.sudu.cc
法律顧問　巨鼎博達法律事務所
施竣中律師
總代理　成陽出版股份有限公司
電話：03-3589000（代表號）
傳真：03-3556521
郵政劃撥　19000691 成陽出版股份有限公司
印　刷　海王印刷事業股份有限公司
港澳總經銷　泛華發行代理有限公司
地　址　香港新界將軍澳工業邨駿昌街7號2樓
電　話　(852) 2798 2220
傳　真　(852) 2796 5471
網　址　www.gccd.com.hk
出版日期　2016年6月初版
ISBN　978-986-387-098-2
定　價　280元

國家圖書館出版品預行編目資料

新詩十九首——時間筆記本／楊澤 著.
--初版. –新北市中和區：INK印刻文學，
2016. 06 面； 13 × 18公分.
--（文學叢書；492）
ISBN 978-986-387-098-2　（平裝）
851.486　105006986